노루막이 연가戀歌

노루막이 연가

지은이 · 박기표
펴낸이 · 임종대
펴낸곳 · 미래문화사

찍은날 · 2001년 11월 5일
펴낸날 · 2001년 11월 10일

등록 번호 · 제3-44호
등록 일자 · 1976년 10월 19일
주소 · 서울시 용산구 효창동 5-421
전화 · 715-4507/713-6647
팩시밀리 · 713-4805
E-mail · miraebooks@com.ne.kr
mirae715@hanmail.net

ⓒ2001. 미래문화사
ISBN 89-7299-224-0

정가 · 5,000원

미래시선 117

노루막이 연가

박기표

미래문화사

발문

추억과 감성

최승범
(시인 · 전북대학교 명예교수)

계남(溪湳) 박기표 형과의 사귐은 고등학교 시절부터였다. 어느덧 50여 년의 세월이 흘렀다. 고등학교 때 과외활동으로 문예반을 택했고, 우리는 《요천(蓼川)》이란 교지의 편집을 맡아보기도 하였다.

그 후에도 박형은 문학의 뜻을 계속 가꾸어 1950년대 중반에 전북 도청에 근무하면서도 간간이 전북일보, 삼남일보에 시와 수필을 발표해 마음을 기쁘게 해 주었다.

중년 이후, 박형이 생활터전을 서울로 옮긴 후 그야말로 소식 돈절이다가 박형의 소식을 알게 되었다. 작가 약력에서 알 수 있듯이 꾸준히 시작(時作)을 해 나오고 있던 터에, 의욕적으로 '신인문학상'의 관문을 거친 것을 알게 되었다. 당선소감에서 박형은 '글을 써 온 지 오래되지만 등단이라는 관문의 필요성을 느끼게 되어 늦으나마 용기를 내보았다'고 했다. 박형의 나이를 헤아려 보니 이순(耳順)에서도 몇 해를 더해 있었다.

'60에 문장이란 옛말이 있더니, 이 친구 끝내 이루어 냈군.' 나는 바로 축하의 편지를 띄웠었다. 그리고 10여 편의 작품과 심사위원의 심사평을 살펴보았다. 심사평에도 나의 이야기가 앞에 나와 있다.

'나이든 사람의 예의 넋두리를 잘 삭혀 잔잔한 노래로 만드는 품이 돋보였다' 가 곧 그것이다. 작품을 읽으면서 그동안 막혀 있었던 박형의 저 무렵 근황(近況)까지도 엿볼 수 있어 시행(詩行)을 더듬어 가는 기쁨이 더했다.

'이 친구 수석 취미도 있었던가.'

'담배는 나만큼이나 즐기는 것 같고.'

'귀여운 손녀도 보았군.'

이로부터 박형과는 다시 서로의 소식을 주고받게 되었다.

다음 다음해였던가. 우송되어 온 《한국신문학》에서 또한 박기표 형의 이름을 대하게 되었다. 이번엔 시작품이 수록된 시인으로서의 이름으로 뿐이 아니었다. 바로 이 문학지를 발행한 '한국신문학인협회' 회장의 이름으로써 만나게 된 것이다.

'이 친구 학생 때에도 다부지고 틀진 데가 있었지.'

협회의 앞날도 빌지 않을 수 없었다. 아니나 다를까 박형이 회장을 맡아본 이 몇 년 동안 협회는 활기를 띠기 시작했다. 협회 사무실의 설치, 지회의 신설, 회원 증가, 《한국신문학》의 연 2회 발간, 문학 세미나, 심포지엄 등 내실화를 이루었다.

박형의 이러한 활동에 나는 그저 먼빛으로만 박수를 보내고 있었다. 그러던 차, 이번엔 박형이 자신의 시집상재를 알려왔다. 박형에겐 늦둥이 첫시집인 셈이다.

박형은 원고 뭉치를 보내며, '시집 머리에 짧은 몇 마디를 얹어 달라' 는 쪽지를 곁들였다. '이 친구 가까이에 있는 이에게 맡겨 간편하게 할 수 있는 일을 굳이 나를 챙긴 것인가' 하는 생각이 들면서도 한편 박형의 나에 대한 옛 우정이 고맙기만 했다. 나 또한 박형에 대한 옛 우정을 나의 분수에 앞서 챙기지 않을 수 없었다.
 더구나, 시집 이름 《노루막이 연가》에서부터 뭉클한 감회가 일어오는 것이 아닌가.

 언뜻하는 사이/헐벗은 숲 속/낙엽소리 사각이는/노루막이 오솔길 접어들었네

- 〈노루막이 오솔길에서〉

 그리고 보니, 박형이나 나나 이제 인생길에서는 '노루막이'에 이른 것이 아닌가 하는 생각이다. 뭉클한 감회가 인 까닭도 이러한 감상이 작용했던 것이다.
 박형의 시는 80편의 작품이 6부로 나뉘어 있었다. 시집 명이 된 〈노루막이 연가〉는 제4부 '노루막이 오솔길에서'에 수록되었다. 그것도 10편의 연작이다. 지난날의 회상·추억이 주조를 이루고 있는 점에서도 '노루막이'의 감상에 젖지 않을 수 없었다.

 ① 소슬바람/갈대꽃 물결에 노을지고/시간은 하얗게 부서져/겨울 첫머리를 향해 날아간다

 ② 하루가 다르게 변하는 세상/눈에 넣어도 아프지 않는/잠든 어린 손자/얼굴 같은 세월인데

 ③ 아스라이 피어나는 추억의 달무리/가슴 열어 보는 안타까움

 ④ 미련의 너울 떨칠수록/펄럭이는 노을빛 날개/먼동이 틀 때까지/밤하늘 훨훨 날아 볼거나

 ⑤ 나이만큼 돌계단 쌓여 올라/높디 높은 노루막이 산마루 보인다.

《노루막이 연가》 10수의 연작에서 뽑아 본 시행들이다. ①은 연가 〈1〉에서, ②는 연가 〈4〉에서, ③은 연가 〈5〉에서, ④는 연가 〈9〉에서, ⑤는 연가 〈10〉에서 볼 수 있다.

이러한 시행으로 짐작할 수 있거니와 박형의 시심(詩心)은 앞날을 향한 것에 보다는 이미 지나온 날들의 것에 자리하고 있다. 〈연가〉에서 뿐이 아니다. 눈에 드는 시행들 '내 가슴은/낙엽이 휩쓸고 간 뒤란길' '서리가마귀 울다 간/빈 하늘에' '아침 햇살 타고 들려온/까치 울음소리에/되돌아서는 발길' '바람처럼 스쳐 간 지난날들/가슴 저림으로 다가와' '긴 세월 여울 울음으로 보낸 밤이 덧쌓일수록 애처롭게 그리워지는 당신'에서 지나온 삶의 '뒤란'에 대한 박형이 '그리움'이나, 이제 '찾아도 찾을 길 없는' '긴 세월 덧쌓인 것'들에 대한 박형의 애틋한 정을 줍기란 어렵지 않으며, 신선한 시어와 은유가 시격을 높여 주고 있다.

'그리움'이나 '애틋함'을 표상(表象)하는 박형의 감성(感性)은 예민하고도 섬세하다.

은사시나무 실가지 움트는 소리에/해묵은 청솔나무 기지개 켠다.

- 〈봄동산〉에서

서릿발에 날이선 영혼이/멀리서 들려오는/나무들 옷벗는 소리에/고요히 깃을 친다.

- 〈가을빛〉에서

낙엽처럼 뒹굴던 영혼에/향불을 지핀다.

- 〈소슬바람에〉에서

시적 구조가 추억과 회상에 있는 데도 읽는 동안 지루하거나 케케묵은 느낌과는 먼 즐거움과 참신함에 젖을 수 있었던 것은 시적 표상이 저러한 감성에 밑받침되어 있고, 노루막이에서도 새로운 빛을 찾아나서는 노력이 돋보였기 때문이다.

자크 루보였던가. 시는 "추억 위로 던져진 빛"이라고 했다. 나는 박형의 시집 《노루막이 연가》를 읽으며 그 빛을 다시금 생각해 볼 수 있었다. 박형과의 우정 반세기와 더불어.

끝으로 시집 출간을 계기로 앞날을 이어 주는 시작(詩作)이 줄기차기를 빌어 마지 않는다.

시인의 말

  어린 시절 보라빛 꿈에 들떠 정지용 님보다 더 좋은 시를 쓰겠다고 설치다 6·25의 피바람에 기가 꺾였습니다. 오랜 세월 온갖 설한풍에 씻겨 살다가 1989년 뜻밖의 모진 병고를 딛고 일어서면서부터 지난날의 꿈이 되살아났습니다. 미진한 문학수업과 시 습작에 몰두하느라 문단 등단 실정엔 전혀 생소한 상황에서 우연히 옛적 문우를 맞나 엉겁결에 늦깎이로 문단에 등단했습니다.

  그 후 써 놓은 400여 편의 시들 중 여러 문학지에 발표된 작품 수 162편…… 한 권의 시집을 펴낼 생각으로 최승범 사형의 발문과 윤병로 교수님의 평설문까지 준비해 놓고도 자신이 서질 않아 1년여를 망설여 왔었는데, 몇 분 선배님들의 권유가 절실하셨고, 아들딸들이 어려운 실정인데도 도움을 주어 마침내 용기를 냈습니다.

  마음을 굳히고 나니 앞으로 1~2년 사이에 다섯 권도 넘는 시집을 펴낼 수 있을 것만 같은 부푼 마음입니다. 어차피 인생이란 끊임없는 자기완성에의 과정인 것을……

  황혼기에 시인이 되어 읊조린 풋과일 같은 알량한 시들 부디 미쁘게 보아주시고 호된 채찍 주시면 영광스럽겠습니다.

2001년 가을에

차례

서리찬 바람에
뼈마디가 시려와도
시든 혼에 불을 지펴
향그러운 빛무리로 감돌면
청산도 흥이 나서 학의 춤을 춘다.

찾아도 찾을 길 없어

그리움

서리 까마귀 울다 간
빈 하늘에
넌지시 날아든 나비 한 마리

진주를 잃은 조개처럼
그리움 안으로만 기르며
정화수로 씻고 씻어
학처럼 살자더니

이제사 속살내 풍긴 해바랜 빛은
숨이 찬 환영幻影인가?

서리찬 가슴에 푸른 달빛 젖어
강물이 다시 굽일어 흘러도
너는 한 세상 고이 묻어온 달무리
지금도 싸늘한 별빛에 떨고 있다.

미망의 탈

허공도
갈고 닦으면
길이 트인다기에

병든 몸 추스르고
빛무리 찾아
달려온 5년 세월

봄빛 서성거리다
내려 쏟는 뙤약볕에
잠시 소슬바람뿐

미망의 날개 접고
애써
추억으로 묻으려 해도

아침 햇살 타고 들려온
까치 울음소리에
되돌아서는 발길.

찾아도 찾을 길 없어

봄 들판에 아물거린 연보라 안개의 베일을 벗기면, 그리던 당신의 한 가닥 환영이 잡힐 듯하다가 한 컷의 파노라마로 쓰러지고, 베어도 베어도 살차게 돋아나는 억새풀처럼, 긴 세월 여울 울음으로 보낸 밤이 덧쌓일수록 애처롭게 그리워지는 당신! 앙앙 소맷자락 적셔 온 세월은 당신 생각으로 방울방울 속으로만 고여든 애절한 영혼의 날개짓이던가?

찾아도 찾을 길 없어, 봄, 여름, 헐벗은 겨울이 와도 늘어만 가는 애틋한 연륜의 가장자리 어루만지며, 절박한 시간의 껍질만 핥다가 쓰디쓴 회억의 술잔을 되풀어 마시는 것보다,

차라리 망망한 바닷바람 쏘이며 모래 속에 몸을 묻고, 넘실대는 파도소리 가늠하다 모래톱 알알이 헤어나 볼까?

푸르름만 일렁이는 정일한 산사 찾아들어, 요요한 세계 유람하면서 아스라이 몸에 묻은 당신의 향기 홀로 즐기다 노스님 공염불에 묻혀나 볼까?

언뜻언뜻 솟는 그리움에 어쩌다 한 번쯤 당신과 마주칠 수도 있을 곳, 땀내 기름내 피냄새까지 범벅되어 부벼대고 숨막히게 달려드는 도시가 그래도 좋아서, 거친 사람 물결 속으로 몸을 던지는 안타까움,

송충이 득실거린 수척한 노송가지에는 한 점 그늘질 솔잎조차 없어, 이따금 흰 구름 한 자락 가지 끝에 걸쳐야만 햇살을 가릴 뿐인데……

참 좋은 당신

하늘거린 코스모스 꽃구름
쪽빛 하늘로 스며들면
생각할수록 참 좋은 당신
가슴에 고요히 나래 폅니다.

두려울 것 없었던 시절
손 맞잡고 코스모스 길 거닐며
밤하늘 별들처럼
우린 꿈 꽃을 피웠습니다.

솔바람에 날린 귀밑머리 결에
내 볼은 가을 사과처럼 익어가고
맞잡은 손에 흥건히 땀 배이면
행복의 볼샘 넘쳐흘렀습니다.

꿈 낳아 기뻤던 우리 앞에
피바람 몰아쳤던 육·이오
이리 떼에 찢긴 당신의 고운 넋
가슴 저미는 한으로 응어리졌습니다.

반백 년 지난 오늘
사뭇한 그리움으로만 남아

생각날수록 참 좋은 당신은
그윽한 빛 황홀한 향기로 피어오릅니다.

님은 가시고

여생을
탱자나무 울안 초당에서
청솔에 열린 조각달 따먹고
학처럼 사시던 님

푸른 넋 좋아하다
얼룩무늬 군화에 짓밟혀
끝내 서역 만리 길 떠나셨네

사랑하던 청한당淸寒堂엔
시든 잡풀 무성하고
뒤엉킨 책무덤에
소슬바람 몰아치던 밤

낙엽 쓸리는 소리에
창문을 여니
섬뜩 다가선 그림자 너머
반짝이는 별 하나

시심詩心

줄지어 서린 정을
청솔가지에 걸어 놓고

안으로 정갈하게 가꾸어 온
연민의 넋은
사슴의 눈에 비친 순정인가?

피는 꽃잎마다
푸르게 타는 마음빛은
강바람 정淨한 향기로 수놓은
사랑 무늬인데

서리찬 바람에
뼈마디가 시려 와도
시든 혼에 불을 지펴
향그로운 빛무리로 감돌면
청산도 흥이 나서 학의 춤을 춘다.

산

바다를 발치에 두고
일어선 자유

인류의 역사를
치맛자락 자락에 감추어 두고
아무 일 없었다는 듯이
하늘로 기인 한숨을 내쉰다.

아무 욕심도 없는
인자한 얼굴

너는 전쟁에 외면하고
평화에 웃었다.

끝끝내 지구의 중심에 내린
불변의 의지

비바람이 불고
뇌성이 쳐도
군자君子의 아량으로 감싸 주는가?

홍 수

무질서가 모인 질서
깃발을 들고 달리는 군중

가슴을 열고 팔짱을 끼고
함성으로 내닫는 데모대
불평·불만도 짓밟히고
소수의 여론은 아가리에 삼킨 채
노도로 일어섰다.

지휘자도 대원도 없이
어느 소속도 소유자도 없는
통치권이다.

안정도 기득권도
삼킨 채 일어선
신생 폭군의
통치공화국이다.

해질녁 산골에서

만상을 태울 듯
이글거렸던 해가
서녘하늘 태우고 사라져
찬란한 불꽃 구름들이
쪽빛 하늘과 섞갈려
솔잎에 짜릿이 그늘진 소리에
산의 영기 살아나
산봉우리들이
잿빛 강보에 쌓이며
잔기침 수런수런
비수 같은 초승달 토해 내는데
밤은
내일을 잉태하느라
견우, 직녀 불러 놓고
농염한 불꽃을 피우게 한다.

산사의 밤

산사의 고요에 끌려
밤하늘 별빛 속에 놀다가
은하수 맑은 물에 빠져드니

으스스 몰려든 소슬바람
떨어진 잎새마다
아직은 푸른 반점 번져 있고

비실비실 비껴가는 발길에
밟힌 낙엽의 비명소리
오지랖 쥐어뜯던 세월의 칼날에
쓰러진 영혼의 파닥임인가?

아련한
노스님의 염불소리
유난히 가슴 저미는 밤

요요한 상념의 나래
고요히 깃을 친다.

만추晩秋

노을빛이
아름다울수록
바람처럼 스쳐 간 지난날들
가슴 저림으로 다가와

세월이 엮어 온 사연들
낙엽처럼 날려도
나 몰래 흐르는 눈물
시든 풀잎에 젖어든다.

애써 눈물 얼려
머릿발에 녹이니
한 줄기 아스라이 터오는 오솔길은
마음 다잡아 그리는 가을빛인가?

묵 향

애써 번거로움 다잡아
빈 가슴 먹물 묻히면
스미는 솔바람인가
청아한 기운 서려 온다

붓끝에 정성 모아
꿈틀거린 일필휘지
고요할 정靜자 써 놓으니

은은히 풍기는 묵향墨香
향기롭게 여백 감돌아
글자 속에 살아나 숙연하고,

눈쌓인 깊은 산골인가?
적연한 기운 퍼져
아련히 다가오는 정아靜雅로움.

외로움에 물씬 퍼진 가슴
고추잠자리 흐르던 옛 삼밭터
쉴새없이 떠나간 자리
소슬바람에 억새풀만 푸르러

2

자화상

한 세상

보슬비 속삭임에
눈뜬 여린 넋
꺼질 듯 보드라운
꿈길 걷다가

삼복의 불바람
더욱 싱그러운 오동잎에
푸른 달빛 쌓이는 소리가
깊은 잠을 깨웠네

낙엽은 지고
피를 말리는 귀뚜리 울음소리에
막혔던 귀가 번쩍 틔어

세찬 눈보라에
산이 스러지고
강이 얼어붙어서야
허공소리 들을 수 있었네

병상일기 · 1

소슬바람에 영근
달빛에
푸른 잎새 피멍 들고

가을 가뭄에
눈물샘도 마른 땅엔
여우바람 자맥질만 쳐

비 맞은 단풍잎처럼
목놓아
울고 싶은 목청인데

하얗게 빛바랜
하늘에
햇살도 흐느적인다.

병상일기·2

멀쩡한 사지가
상한 쭉지보다 무력해
유람선만 타면 볼 수 있다는
금강산도 오를 수 없어
시야 변두리만 흐느적이며
앓던 슬픔 토할수록
하얗게 바래는 가슴
애써 품안아
연鳶으로 날리니
난데없이 회오리바람 일어
끊겨나간 연줄에 곤두박이는 영혼.

병상일기 · 3

자지러진 매미 울음에
숨 죽였던 풀벌레들
달빛 쌓이는 소리에 생기 돌아
요령처럼 해맑은 노래 숲을 울리는 밤.

퇴락한 암자 골방에 누워
미리내 잔별 같은 촛불에
병들어 시든 몸 태우니
고독이 나래 펴 파닥이는데

끊길 듯 이어지는
청아한 독경소리
지극한 아픔에서 오는 고요가
시리도록 싸늘한 평화임을 일깨워

차돌처럼 일어나
얼음보다 차가운 가슴으로
푸른 잎새 검붉게 피멍드는 진통을
풀벌레소리에 실어 보낸다.

병상일기 · 4

노을진 몸 추스리고
잿빛 젖힌 가슴으로
입구 박차고 들어선
그리움

물씬,
더운 입김으로 다가서
푸실한 눈망울
물기 차오르는데

어리둥절,
봄빛은 졸음을 풀고
가녀린 미풍
푸릇한 숲으로 스며든다

병상일기 · 5

이순이 지나서야 하늘눈이 틔어
골골이 뻗어 온 시름의 주름 펴고
굽이마다 괴로웠던
슬픔의 언덕을 넘으니
앞산이
갈매빛으로 다가서고
계곡물 돌사이 감돌아
마른 나무 입술 빨고 간 봄볕에
향기로운 꽃망울 움터

송충이 살찐 수척한 노송가지에
새잎이 돋아난다.

자화상 自畵像

서리맞은 꽃대궁에
아직은
꽃빛의 여운 남은 줄 알고

빗살처럼 달리는 새 물결
뒷자락에
한몫 찾으려다
요동치는 파도에 내밀린 몸

마음 다잡아
뒷산 산새소리
가슴에 묻어 넣었더니
이젠
나무들이 무섭게 파도쳐 출렁인다.

이도 저도 못한 채
가슴만 조이는 안타까움에
시든 꽃대궁 붙안고 하늘을 보니
흰 구름 한 자락 동쪽 산마루에 걸쳐 있다.

푸른 그늘 속 한 늙은이

여름햇살이
지우려다 지쳐 물러선
푸른 그늘 속에
명상에 잠긴 한 늙은이

날아갈 듯 산뜻한
하얀 모시옷
해맑은 얼굴에 성성한 백발
범접할 수 없는 기품에
인자롭게 주름진 눈매는

노송 밑에 앉아
천리 헤아리는 선인仙人일레라

나무 우듬지 끝에 흔들리며
하늘문 엿보던 까치 한 마리
까악 깍 까르륵

늙은이 고요를 깬다

고 향

헌 옷 벗어던지듯
떠나온 고향인데
해가 거듭할수록
아른아른 서린 그리움 깊어만 간다

인종忍從의 세월 수없이 앗아 가도
가슴 한 구석에 도사린 고향
한 가닥 푸르름이 숨쉴 수 있었는데

외로움에 물씬 터진 가슴
고추잠자리 흐르던 옛 삼밭터
쉴새없이 떠나간 자리
소슬바람에 억새풀만 푸르러

정든 얼굴들 간 곳 없고,
보라빛 노을 속에
늙은 나무들만 서성이는 낯선 마을

아 내

열 여덟 살도 채 피기 전
맵고 쓰린 고추바람에도 물기 올라
가을 달빛으로 여물어
해마다 토실한 알밤 토해 냈었네

손 귀한 집에 아들 넷 딸 하나
삼십여 년 간 시부모 모셨던 몸
마른 심지에 입김만 불어도
불붙을 것 같은 문드러진 육신인데

정에 약한 왜가리 잦은 곁눈질에
꽃송이 아래에서 꽃송이 이울 듯
사십 년 긴 밤을
서릿발 속에 묻혀 살았던가

그래도 외곬으로 달려온 달빛이 고와
청대밭에 곤두세운 서러운 사슬 풀고
지병처럼 떨칠 수 없는 순종의 미덕 쌓았네.

할미꽃

강기슭 오솔길에
넌지시 피어 있는
서럽게 살다 죽은 할매넋

향기 빼앗긴 한풀이
자주빛 짙게 단장해도
벌, 나비 찾아올 낌새 없어
강바람만 으슬으슬

할미새 한 마리 날아와
할미꽃받침 쪼아 물어도
고개 숙여 반기는 노고초老姑草

한평생 숙연함은
한이 삭아 초연함인가?
뙤약볕 소낙비에
그 모습 더욱 의연하다.

잠 못 이룬 밤엔

세상이 거꾸로 돌고
하늘이 내려 덮어
만상이 흙 속에 묻혀도
용케 살아남은 꿈길 걷다가

천년을 팔락일 학이 되어
서천세계 굽어보고
무위자연의 노자도 되어
우주를 한 아름에 안아 보다가

꿈 깨고 난 스산한 가슴은
으스스 깔리는 산그리매 속
풀수록 엉켜드는
시름의 가시덤불인데

잠 못 이룬 밤에
아직도 꿈을 꾸는 것은
비우고 비워가야 할
황혼길의 목마름 탓인가?

찬란도 해라. 노을빛이
하늘가 먼 곳에서 들려오는
상여소리 정겨운 밤.

불 꽃

물에 촉촉이 젖은
유백색 빛나는 여인

물먹은 별빛 반짝이는 눈길,
물기어린 도톰한 입술,
부픈 양 가슴,
터질 듯 꿈틀거린다.

균형잡힌 몸매
파르르 떠는 정염은
안전핀 뽑힌 폭발물인가?

타는 가슴 불길로
뛰어들 순간 그 황홀함은
활활 타오른 불꽃이었네.

고향 여름밤

촘촘한 밤하늘에 꽃밭 이루던
고향 여름밤
모깃불 앞에 모여 앉아
도란도란 정을 나누고
풀벌레 울음 따라 반짝이는 반딧불,
개똥벌레 한 움큼 잡아
책상 위에 놓으면
방안 가득 청색, 옥색, 수은 같은 희뿌얀 색,
정든 임 혼불인 양 곡선 그리는 신비로운 빛.
왈칵 그리움 밀물처럼 밀려와
무작정 찾아온 밤길인데
검둥이 소리 멎고
반딧불 찾아볼 수 없어
낭만과 신비, 정마저 사라진
버림받은 농촌인가?
괴물인 양 다가서는 폐가와
억새풀만 아슬아슬.

첫돌 맞을 손자

합지, 합지,
재잘거리는 모습 너무 귀여워
볼에 살짝 입맞추면
웃음꽃 피며 돌이돌이 재롱 떤다.

고사리손 벌리고
비틀비틀 아장이면
가슴 졸인
엄마 얼굴에 함박꽃 피고

잠이 오려나
응얼응얼 칭얼대다
고무젖꼭지 문 채
새근새근 잠들었다.

천사인들 이렇게
순결하고 고울 수 있을까?
햇님도 부러워 눈 흘기는
평화, 행복의 화신.

배냇짓인지
꿈을 꾸는지

흰 목련꽃에 분홍빛 어리다
빙긋 웃음꽃 피어났다.

한 잠 늘어지게 잤나 보다
잡으면 터질 듯한 손으로 눈 비비며
하품하는 입 속으로 푸른 하늘 스며들고,

무구, 천진, 귀엽고 아름다움
순수하고 사랑스러움
인성은 이렇게
착하고 순박한 것을.

물과 돌들이 움직이는 돌바람결이
어찌 그리도 다사롭고 포근했던지요
나른히 풀리는 몸
나직이 흐르는 구름 끌어 덮고
나는 그만 돌밭에 누워

3

돌밭에 안겨서

돌·1

― 법열(法悅)

뜨겁게 달아오른 돌밭을
온종일 맨발로 헤매다가,

해거름에 번쩍이는 돌 한 점,
두 눈 섬광처럼 빛났다.

돌을 껴안아 가슴에 문지르니
짜르르 저려 오는 전율……

굳어지고 닳은 억겁의 세월
달, 바람, 물에 씻겨
울고 새운 흔적
아롱진 얼굴이다.

부동不動과 불변不變,
오묘한 숨결로 가려진 신비,
무언의 정精과 기氣가 어울려
황홀히 피어나는 운치韻致,

돌 속에 내가,
내 속에 돌 있으니
나는 한 마리 들나비

살포시 꽃술에 머물다
금빛 구름 타고 돌 속으로 사라진다.

돌·2

─ 군자봉(君子峰)

봉황이 하늘깃을 치고
날개를 접었는가?

아늑한 품속에
달빛 지새는 뻐꾸기 소리에
싹트는 가지마다 눈 비비고

공포로운 녹색지대
천년 묵은 소나무에
학이 집을 짓는다.

서릿발 희끗거리다
햇살에 불붙은 산
온종일 불길이다가
이젠 하늘 닿는 빼어난 정상.

눈이 덮여 하얀데
나뭇가지 꺾이는 소리,

단아하게 응축된 신비,
장자의 눈빛 서린 산허리에
구름 한 자락.

돌·3

　　　－ 수석(瘦石)

어루만지는 손길이
세월을 앗아 가는
돌 한 점

몇 억겁 풍우에
뼈만 앙상하다.

앞을 보면
허리굽은 노인
가로 놓으면
머언 산 등골

뚫린 구멍
스치는 바람소리,
깡말라 의연함이
고승의 화신인가?

날개 편 기품
고졸한 기운 따라
자연의 심연을 날은다.

돌밭에 안겨서

돌이 좋아서
돌 속에 서린 정령 찾아
이천 번도 넘는 돌밭길을 걸었으나
서리맞은 풀잎 같은 내겐
지난겨울은 너무 추웠습니다

꽃샘바람에 움트는 꽃망울처럼 떨다가
경칩이 지나서야 찾아갈 수 있었습니다.

기쁨에 들뜬 내가
반가웠든지
돌들이 우르르 일어나 반겨 주는데
강마저 물안개 날리며 찰랑거렸습니다.

이때!
물과 돌들이 움직이는 돌바람결이
어찌 그리도 다사롭고 포근했던지요
나른히 풀리는 몸
나직이 흐르는 구름 끌어 덮고
나는 그만 돌밭에 누워
새근새근 한나절 잠들었습니다.

내게
아!
나에게 돌받은…….

강물에 안겨서

한나절 돌바람에 취했다가
강물 속 흰 구름에 끌려
벌거숭이로 들어서니
가을 바람결로 감싸 준다.

산뜻한 물결
풋고추처럼 첨벙대니
구름은 뿔뿔이 흩어지고
엉덩이 간지럽히는 신명난 송사리 떼.

가벼운 꽃신 신은 듯
살포시 밟히는 모래알 속에
영롱히 빛나는 돌 한 점
무지개빛으로 설레이고

쏟아지는 장미빛살 받아
몸에 감기는 물살결은
세정을 꿈길로 이끄는
천의무봉의 사치일레라.

이때
쪽빛 비단물 속에서
뛰어오른 은빛 잉어 한 마리.

안개비

자욱한 산성안개에
허청거린 가시나무 숲 속

뿌옇게 트인 큰 길
희끄무레 줄지은 차들은
장송행렬인가?

잿빛하늘 떠받든
빌딩 숲 서울은, 지금
회색 강보에 싸여 나릿나릿.

햇님도 빛을 잃어
멀쑥이 퇴색하는가?

산 속에서

진달래꽃 이즈러든
숨바꼭질하다 사라진
오솔길

살랑살랑 은사시 속삭임에
청솔가지 끝에 흐른
솔바람이 무늬친 그림 한 폭,

퉁기면 울릴 듯한 푸르름
내뿜는 생기에
숨막히게 부푼 가슴으로
황혼길 길손임도 잊은 채
햇살 아롱지는 물결에
한나절 몸을 풀었네.

풀내 폴폴 풍기며 돌아서니
환히 밝아 오는 노루막이 고갯길.

구룡폭포

지리산 산자락마다
얼굴 씻고 내려온 물줄기
낭떠러지에 질려
용을 불러냈는가?

아홉 군데 절벽마다
용이 승천한다
물보라 뚫고

몇 천년 쏟아내린
물매질인가?
상처 심한 괴석들
통천通天을 했네

어둠 깃든 구룡폭포九龍瀑布
해꼬리 늘어진 노을 타고
은하로 겹치었네

* 구룡폭포:전북 남원 주천 호경마을에 있슴.

등산길에

나날의 너부러진 물줄기가
심장으로 고여 들어
숨막혀 돌아눕는 날개,
햇살도 푸르게 아롱지는
산이 그리워
비룡산 산자락 따라
꼬리 감춘 오솔길 접어드니
산중의 고요에 가슴 설레이고
뒤돌아보며 어서 오라 손짓하는 고갯길,
일렁이는 솔향기 가멸찬데
고사리 새순이 솔바람에 놀래
도르르 말리는 소리에
날아 앉은 산까치 한 마리
꽁지 깔죽거리다 파다닥 날으는 찰나!
내 서성이던 핏줄이 확 풀려
푸드득 날개바람 이네.

*비룡산:노령산맥 중간에 위치한 산

자화란紫花蘭

첩첩 산자락
다박솔 뿌리 엉킨 바위틈에
일어선 누님의 옷깃

바람에 능청능청
간드러진 옷고름
청빈을 감싸고

가냘피 솟아오른 옥비녀 꽃대궁
날아갈 듯
학의 날개로 핀다.

영혼은
청초한 자색으로
피는가.

아카시아꽃

바다가 뛰어오른 깊은 숲
5월의 사이사이로
흐드러지게 피어 있는
하얀 꽃

구름처럼 흐르는 노스탤지어
내 고향 강물로
흐른다.

올망졸망 달린 부리
할머니가 모시던
산신山神의 입술로
햇살에 비밀을 토해 내고

모여든 벌 나비 떼는
새로운 정보의 입력으로
종일토록 시달린
과거와 현재 미래의 통로에서
한껏 여울지는 대축제다.

내설악

십이선녀탕 넘친 물줄기
백담계곡 일깨워
놀란 쏘가리 떼 꼬리바람에
푸르게 일렁이는 용대마을

미시령
한계령을 굽이굽이
구름 위로 거닐다가
오동잎 늘푸른 '옛집' 찾아드니

알뜰히 챙겨 준 홀어미의
막국수 어죽 맛에
오뉴월 감자처럼 토실해
복신伏神도 몸을 사린다.

*용대마을:내설악 백담계곡 하류에 있는 마을

커피를 마시며

쓰디쓴 향기 코끝에 스미면
온 신경이 예민한 더듬이로 일어서
꽃술에 잠겼다가
연인의 숨결로 다가선다

첩첩이 깊은 다갈색
혀끝에 스치면
고요히 스미는 정에
소롯이 펼치는 회심의 날개

사르르 가슴 열어 준 기운
쓰린 회억의 골 감돌아
고독의 심연을 깨운다

이 슬

이슬의 명운命運이던가?
아침 이슬 땅에 떨어짐은
토향土香의 품이 그리워서이다

밤새 맺혔다가
햇살에 자지러져
꽃잎사귀 생기로 벙그는데,

성깃한 동냥볕에
여물어지는 옥구슬
서릿발로 사그라져,

시나브로 나뭇잎 떨구어
만상이 헐벗으면,

나를 버린 알몸
이슬은 해탈의 기쁨에
눈송이로 내리는가?

노루막이 오솔길에

노루막이 연가 · 1

여름 땀방울에 지친
가을 산그리매가
풀벌레 잠재운 해질녘
가을 모기처럼 쇠약해진 몸으로
늙은 바람기에 끌려
무성한 잡풀 속에
흔적만 남은 오솔길 찾아드니
소슬바람,
갈대꽃 물결에 노을지고
시간은 하얗게 부서져
겨울 첫머리를 향해 날아간다.

노루막이 연가·2

창문 너머
파랗게 날이 섰던 하늘
소슬바람에 내려앉아

서릿발이
바람 따라 빗질해도
잿빛하늘 짙어만 간다

금세 눈이 내리려나

베란다 화분
파란 잎줄기에 몽실몽실
부푼 동백꽃 망울들

수석장壽石藏 안 늙은이가
굽은 허리를 편다.

노루막이 연가 · 3

수석에 취해
돌처럼 말없던 벗님

"버리고 비워가라" 하더니
갑자기 명부로 떠나셨네.

쓰린 가슴 달래며
소중한 것 비우고 가니
동트는 가슴

해꼬리 잡았던
손 절로 풀리고.

노루막이 연가 · 4

아직은 이른 겨울인데
관절 마디마다 샛바람 일고
퀴퀴한 삶의 언저리
한 가닥씩 지워져 간다.

하루가 다르게 변하는 세상
눈에 넣어도 아프지 않는
잠든 어린 손자
얼굴 같은 세월인데

내일은 언제나
문턱에서 서성이고
가물거린 지층의 사닥다리에
아리한 회색물결인가?

노루막이 연가 · 5

가로등이
하얗게 떨고 있는
덕수궁 돌담길

으스스 깔리는
검은 장막 속에
바스락 낙엽 밟히는 소리

아스라이 피어나는 추억의 달무리
가슴 열어 보는 안타까움.

노루막이 연가 · 6

세월의 뒤란을
곱게 쓸고 온 샛바람이
허공도 자주 밟고 다지면
길이 트인다고
빈 가슴 다독여 준다.

지친 몸 추스리고
청솔가지에 걸어논
추억의 보름달 따먹고 나니

고추바람에 헐벗은 나무
아직은 뼈마디 시려도
뿌리 속에서 꿈틀
봄의 기침소리 들린다.

노루막이 연가 · 7

마른 샘물 다시 솟듯
회상의 뒤안길에
새벽을 여는 바람
잠든 정기精氣 깨우고

번쩍 정신이 든 노염老炎이
안간힘 써 세월을 불사르니
푸른 불길로 타올라

어리둥절한 봄빛에도
소록소록 돋아나는 새순
시든 가슴에
싱그러이 피어나는 꽃망울인가?

노루막이 연가 · 8

무르익은 과일의 밀도처럼
달도록 고요한 밤
어둠 속에 살아나는
아릿한 상념이 날개를 편다.

뭉클 솟구쳤다
안개처럼 스러지는 사연들
앙가슴 헤집는 꽃샘바람 타고
아름아름 펼치는
보라빛 노을에 취해

내 어줍잖은 영혼을
생명의 알맹이로 때리니
얼얼해진 심금에 어린
비늘진 금빛 그림자들
산사山寺의 종소리로 울려온다.

노루막이 연가 · 9

이순이 지난 지 한참인데도
언뜻언뜻 숫는 허욕의 날개
끝없이 펼치려 든다

가을하늘
파란빛에 빨려들면
새록새록 푸른 기 돋고

푸른 별빛에
젖어 들어
신비의 심연에 빠져든다.

미련의 너울 떨칠수록
펄럭이는 노을빛 날개
먼동이 틀 때까지
밤하늘 훨훨 날아 볼거나.

노루막이 연가 · 10

흘러간 세월 깊어갈수록
무디고 여위어 가는 가슴
무심코 휘도는 오솔길 걷다가
가시덤불에 엉켰네

곱게 물든 나뭇잎새들
서리 먹은 햇살에 흐느적이다
소슬바람에 낙엽 지고

죽어서 비웃음 받는 기쁨보다
살아 울 수 있는 길 찾아
돌뿌리 가시밭길 걷노라면
황망한 물굽이에 씻기는 영혼

오래 걸친 너울 벗어 던지고
지나온 상처 어루만지면
나이만큼 돌계단 쌓여 올라
높디높은 노루막이 산마루 보인다.

노루막이 오솔길에서

푸른 숲 산자락 찾아
가시덤불 뛰어넘어
흥겨웠던 청노루

뛰다 지치면
다박솔 밑에 누워
흰 구름 끌어안고 졸다가

배고파 오면
속살풀 찾아 먹고
옹달샘물 마시다
고사리 새순 도르르 말리는 소리에도
두 귀 쫑긋 놀랬다가

비바람 눈보라에도
날렵한 몸 뒤질세라
이 산 저 산 뛰놀며
싱그럽게 살아온 한 세상

언뜻하는 사이
헐벗은 숲 속

낙엽소리 사각이는
노루막이 오솔길 접어들었네

아직도 두 눈망울엔 초록빛 뿐인데
귀밑머리 날리는 서릿발에 끌려
쳐다보는 하늘은
온통 노을빛 뿐인가?

다가설수록 멀어만 간 당신

허욕에 멀었던 눈이
이순이 지나서야 맑게 틔어
잊혔던 당신 생각이 간절해
그리움 살라먹고 핀 초롱꽃으로
다가갈수록 그대는 하얀 서리만 끼었었네.

젊었던 어느 봄날
그대 사랑으로 옹당이 진 내 뒤란에
햇볕 들이쳤던 기쁨 되살려
빈 뜰에 사물놀이 벌였는데
나타날 듯 보이질 않는 당신은 마애불의 미소인가?

무겁게 파고든 당신 생각에
홀로 앓는 숨결로 눈물샘도 말렸는데
저린 아픔에서 오는 고요가 살아 숨쉬는 것만 같아
흘린 듯 퉁겨 나오니
푸른 별빛만 떨고 있었네.

이것이 사랑인 줄 알았습니다.

바 람

어린이 솜털 같은 봄바람
나뭇가지에 살랑이다
보슬비 몰고 와
새싹 어루고,

소녀의 꿈 서린 훈풍
연푸른 잎새에 아롱대다
녹음의 생기로 농청거리는데,

갈대숲 서걱이는 소슬바람
슬픔 안으로 쌓은 폐가廢家를 넘고
푸른 하늘빛에 살찌는 결실.

청상의 한 맺힌 뒤안길 스쳐 온 서릿바람
추억의 화필 휘둘러
주황색으로 취한 채
잎과 열매 시나브로 떨구는데,

죽어 간 젊은 원혼이 뭉친 삭풍
낙엽 흩날려
헐벗은 나무들 얼려 놓고

앙상한 가지마다 설화雪花로
한숨 짓는다.

바람은 바람을 낳고 살다가
때맞춰 부는 바람
만상萬象의 생사윤회生死輪廻의 골을 짓는
생명의 시종始終인 것을 …….

동백 꽃망울

거실 안
싱그러운 동백나무
잎새 사이마다 숨은 꽃망울들

눈발치는
창문소리에 놀래
빠끔히 내민 빨간 입술

첫 날 밤
촛불 앞에 다소곳한
신부보다 고와라.

봄이 오는 소리

봄이 오는 소리

밤새워
노란 빛 살라 먹느라
늦잠 든 봄빛이
부슬비에
나무잎눈 오종종 부풀고
소록소록 새순 돋는 소리에
화들짝 놀라
햇살로 보송거리면

나무 우듬지까지 물오른 소리에
화답하던 참새 떼
포롱포롱 날아간 보리밭 위로
종달새 솟아오르고
아물거린 아지랑이 살결에
환히 눈이 멀어서
안개 솔솔 강물에 내리면
돌사이 감돌아 흐른
여울물엔
송사리 떼 송송 거리고

개나리 꽃망울 입맞추고
달려온 바람결이

사알랑 감기는 기운에
사르르 봄 풀리는 소리.

보슬비

복사꽃 고운 볼에
맺힌 이슬방울
아침 햇살에
요염한 여심으로 가시 돋고

4월의 싱그러움
가슴에
샘물로 고여 흘러

내 영혼의 둘레 가에
밀물처럼 밀려오는
소용돌이는

슬며시 안겨 오는
향기로운 그리움으로
척박한 뜰 적셔 주는
보슬비였었네.

봄 강가에서

는개 자욱한 강가
뿌옇게 피어난 햇살에
버들강아지 오종종 돋아 부풀고

여린 풋내 날리는 바람 타고
흐르는 강은
새순 숨쉬는 숨결 같은 물소리에
파릇한 꿈이 서리는데

어젯밤
하늘이 몰래 내려와
강물과 자고 간 것도 모른 채

봄빛은 수줍어
강건너 보리밭
아지랑이 속에 아물거린다.

봄

소녀의 풋가슴에
부풀기 시작한 꽃망울

솔바람에 붉어진 볼에
옹달샘 물 고여 들고

맑은 눈동자에 서린 꿈이
잠든 땅을 깨웠네.

봄동산

산을 담뿍
청자항아리에 쌓아
시린 햇살을 녹인다

아지랑이 품에 안긴
아카시아나무
졸린 몸 비틀고

돌돌거린 계곡물에
놀래 깬 진달래
꽃망울 부풀리는데

은사시나무
실가지 움트는 소리에
해묵은 청솔나무 기지개 켠다

솔바람

계곡물 조잘대는
두메 산골
상수리잎새 간지럽히느라
신명난 솔바람

노송 가지마다 걸친
푸른 하늘자락에 반해
달려들다가
청솔잎에 찔려 피투성이 되었네

화들짝 놀랜 바람결
풀숲 찾아
산토끼처럼 도망친다

노송에 깃든 신령님의 코웃음소리.

여름산

청상青孀이
몸을 푼
산색山色에
갈가마귀 떼 사라지고

산까치 울음소리에
바다가 산으로 뛰어올라
검푸르게 일렁이는데

놀랜 산토끼
붉은 눈에
푸른 얼 서린다.

가을빛

소슬바람 스며든
햇살에
산이 꽃같이 무늬 짓는데

잎새마다 피멍든 진통을
여름 땀방울에 여윈
풀벌레 울음으로 지워가니

쪽빛 하늘은
고개 숙일 줄 아는
황금 물결에 빛나고

서릿발에 날이 선 영혼이
멀리서 들려오는
나무들 옷벗는 소리에
고요히 깃을 친다.

가을바람

맑은 햇살 내려 쏟는,
꽃바람에
코스모스 피어나고

산과 들은 온통
빨간 물 뿌린 단풍꽃인데

국화향기에 취해
푸른 달빛 배었는가?
내밀히 흐른 염정艶情이
연분홍 물감처럼 번져 와,
마파람과 된바람 맴도는 소용돌이

엇갈리는
무상無常의 틈 사이에서
하얀 갈대꽃도 시들어 가는데

소슬바람에 눈이 떠서
소소한 가을빛에 묻히니
들국화 꽃대궁에 잠자리 하나
단정히 앉은 채 굳어 있었다.

소슬바람에

송충이 득실대는
수척한 가지에는
한 점 그늘 던질 잎새조차 없고

침묵의 공간에
거미는 줄을 치는데

서리 먹은 하늘에
달은 영글어
노송가지에 모란꽃송이로 열리고

산사 종소리는 터져
빛이 되고 향기가 되었다가
다시 엉켜 맴돌다

소슬바람에
낙엽처럼 뒹굴던 영혼에
향불을 지핀다.

가을산

40대 여인의
오랜 인고의 틀
터뜨린 연정의 불바다

지는 꽃 잎새마다
가슴 불태우다
내뿜는 피울림인가?

한 줄기로 치솟는
붉은 정
온 산을 불태웠네.

겨울산

산까치 울음 멈춘 산골
청솔가지에 엷게 깔린 눈발이
솔바람에 나부끼는데,

희끗희끗 눈 속에
진녹색 난잎이
청상인 양 파르르 떨고 있다.

큰 바위에 누워
다박솔 푸른 정에 취하니
싱그런 기 살아나고

낮게 깔린 잿빛 하늘
산등골마다
눈발 굵어지는가 싶더니
금세 소록소록 함박눈이 내려 쌓인다

잠깐사이
하얀 솜털에 묻힌 산은
고요히 잠들어
영겁의 정적을 찾는다.

눈발치는 밤에

창 밖
싸락눈 몰아쳐
동백꽃 병드는 소리 들려오는 밤

납덩이처럼
가라앉은 슬픔을
눈발치는 소리로
풀어내니

빠끔히 내비친
빨간 동백꽃 입술엔
아릿한 꿈이
푸르게 아롱진다.

스러지는 별빛에 이슬이 녹아
대지를 적시는 새벽
황홀한 비상은
하늘을 열고 가는 학의 날개인가?

6

새 아침에

새날은

뉴욕 아침 하늘 덮은
비구름이
오후엔 서울 땅 적셔 주고

런던의 짙은 안개, 그날 밤
부산항 밤거리에
보슬비 뿌리는데

같은 날
모스크바 소슬바람은
경복궁 뜰 나뭇잎새
시나브로 떨구는가?

스스로 알아서 그리되는
자연의 섭리
새날의 햇살로 피어나면

온누리 골골이 펼쳐
뒤덮은 먹구름 산산이 날리고
세계가 같이 웃을 한 가족 되려나.

5월이 오면

5월이 오면
온통 푸른 물살인데
5월이 키워 낸
자유와 민주는
피를 먹고 자라
붉은 장미꽃 피는가?

5 · 18
민초들 푸른 숨결
샘물처럼 고여
폭발했던 함성소리
실성한 얼룩무늬 군인들의
총칼질에
뚝뚝 떨어져
선지피 내뿜었던 꽃송이들

그 핏자국마다
푸른 넋
붉은 새로 살아나
사천만 영혼의 씨방을 깨워
오늘의 영광 이룩했던가?

5월이면
선혈보다 붉은 장미꽃 피어
노을진 가슴도 뜨겁게 닳아
사는 듯 죽느니
죽어서 살아날 영혼의 날개
나래를 편다.

정보화의 철학哲學

겨울 수박맛에 취한
실성한 시계바늘에
때는 뿔뿔이 도망치려 해도

노자老子의 눈빛서린 남산은 푸르러
퇴계로 가로수 잎에서
새말간 햇살 돋아나

무궁화 꽃동산에
정보화 불길로 타올라
은하철도 999 꿈길 열어라.

벤처기업

서로 믿고
같이 신바람 내어
끌어당긴 햇살 달빛에 녹여
누리 밝혀 갈 기업체들

신명이 나면
흥겨워 죽음도 불사할
겨레의 심성

용케도 같이
불을 지폈는가?

활활 타오른
벤처기업군의 열풍
새 세기는 우리들의 것인데

자연의 섭리에 고인
지혜의 샘물 퍼내어
아름다운 눈물 폭포처럼 쏟아 부어라.

정축년 6월은

갈가마귀 떼 울다 간 청기왓골
여우 떼에 놀아난
아들의 헛바람이
아버지의 개혁바람으로 이어졌던가?

시시각각 변하는 정보화의 물결
느낌으로 다스려 온
칼국수 타령에
나라는 돛과 닻이 끊긴 채 표류하고 있다.

어리석은 선택 자책하는
민초들의 신음소리 높아 가는데
다음 차례 기약하는 별님들
서로 천왕성天王星이라 으스대는 양이
애살스럽구나.

나라 위기에 처할 때마다
6월의 얼은
불꽃 튀기는 장미꽃으로 피어
발전의 기회로 승화시킨 위대한 겨레

1997년 6월은
한바탕 소낙비 퍼붓고 나서
쟁쟁 햇살 녹음 속에 잦아들어
새말간 빗줄기 폭포처럼 쏟아 내려나.

무인년 4월은

여우 떼 농간에 놀아나
닻과 나침반도 없이 항해했던 나라
불어닥친 환난의 회오리에
산산이 부서질 뻔했었네.

겨레의 슬기와 용기로
위기 어렵게 벗어난 오늘
내일을 예측할 수 없어
간절히 되새기는 4·19인데

먹구름 헤친 햇살
갈색 개나리 꽃무덤에
민주와 시장경제의
보라빛 빛무리 쏟아 부어도

꽃향기에 미쳐 버린
벌떼의 오르가슴에
진달래꽃잎 바들바들 떨고
손바닥으로 해를 가려
밤이라 떼쓰는 사람들

4월의 넋아
푸른 정기로 다시 솟아
노한 파도 밑에서 소용돌이쳐 올랐던
잊혀진 우리의 힘을
다시 불러 일으켜야겠다.

새 아침에

아지랑이 속에서 학이
꿀벌에 쏘였는가?

먹어도 마셔도
야위어만 가는
학의 다리인데

하늘 향한
애잔한 날개바람
햇씨를 쪼아대고

스러지는 별빛에 이슬이 녹아
대지를 적시는 새벽
황홀한 비상은
하늘을 열고 가는 학의 날개인가?

아직은 허약해 눈이 감겨도
새 아침 번득이는 햇살에
깃을 친다.

삼월 초에 핀 진달래

아직은
개나리 움츠려 떨고
벚꽃들 애틋한 꿈속인데
운현궁에 서린 넋
진달래에 스며들어
IMF 한파에 눈을 떴는가?

삼월 초
운현궁 양관 초소 앞뜰에
매화꽃도 아닌
진달래꽃이 피어 있다.

치졸한 칼국수 타령에 놀아난
여우 떼가 망친 나라
서민들이 살리겠다 나선
금모으기 열풍
산처럼 쌓인 돌반지에 놀랐던가?

옷깃 여미는 찬바람에
앙상한 진달래 가지 끝마다
붉게 피어나는 꽃송이들
민초들의 나라사랑 혼 불인가?

노사정위원회

휘몰아친 한파에
헐벗었던 나무들
한겨울 눈보라에 영글어
새싹 잉태하느라 몸살인데

봄빛은 왜
제 멋에만 놀아나
하늬바람 몰고와
보슬비에 등 돌리는가?

돋아날 잎새들 팔랑이고
푸른 꽃망울 활짝 폈다.
열매 속으로 사그라들도록
살랑이는 봄바람에
함박 웃음꽃 피워라.

'99년 4월에

신 문

사십 년 절인 습관에
아침마다 들쳐보는
고딕활자들의 광란

안보면 궁금하다
보면 볼수록 짜증스럽고
새 소식일수록
가슴 더욱 답답해

차라리 눈감고 지내고자
이젠 그만 넣어 달라 애원해도
신새벽마다 몰래 쑤셔 넣는
눈총맞는 종이뭉치들

지면마다 옥구슬 글귀 튕겨 나와
가슴 치는 소리

편 지

오동잎 떨구고 간 빈 뜰에
날아든 까치 한 마리

깔쭉거린 꽁지바람 타고
팔락팔락

첫눈이 날린다.

벼랑끝 다복솔

산골짝 물줄기도
겁 먹고 돌아서는
낭떠러지
아슬히 매달린 다복솔
어쩌다 몸통째 꼬였는가?

벼랑끝 움켜잡은 기상
솔바람에 쓰러질 듯해도
눈보라 잉잉거릴수록 청청하구나.

수천 번 외침에도
한결같았던 오천 년의 넋
너에게 서렸음인가?
곡선과 여백 곁들어
옹골차게 멋스럽다.

새 천년 새 해의 노래

밝아온 새 천년은
빛부신 창의력과 도덕성
다양성을 포용할 관용이
발전의 동력인 세상

거미의 희생보다 진한 교육열
외침의 아수라도 품에 안아
우리의 문화 창조한 예지
인정 넘친 겨레의 심성에 불 지펴

허욕에 일그러진 몸 풀고
얼룩진 군복의 찌꺼기
가로막는 연緣의 벽들
산업화의 부작용일랑 불살라

자랑스런
미풍양속 고이 닦아 가면서
자연과 함께 살아온 기쁨으로
새 천년의 꽃 피워라

작품 해설

'허욕'에서 벗어난 새로운 삶의 의지

윤병로 문학평론가 · 성균관대학교 명예교수

'허욕'에서 벗어난 새로운 삶의 의지

윤병로
(문학평론가 · 성균관대학교 명예교수)

박기표 시인의 시집 《노루막이 연가》가 보여 주는 가장 큰 특징은 평이하면서도 담백한 시어로써 시인의 때묻지 않은 순수한 감정을 자연스럽게 노래하고 있다는 사실이다. 그래서인지 박기표의 시는 우선 독자들에게 친근하게 다가온다. 그의 시는 온갖 화려한 수사나 복잡한 비유로 이루어져 있지 않기 때문에 시를 사랑하는 독자라면 누구든지 큰 어려움 없이 그의 시 세계로 쉽사리 빠져든다. 특히 《노루막이 연가》에 실린 대부분의 시는 시의 표현에도 드러나 있는 것처럼 이순을 넘은 한 자연인이 자신의 인생을 조용히 되돌아보는 가운데 느끼는 점을 진솔하게 들려주고 있다는 데서 감동을 던져 준다.

이순이 지나서야 하늘눈이 틔어
골골이 뻗어 온 시름의 주름 펴고
굽이마다 괴로웠던
슬픔의 언덕을 넘으니
앞산이
갈매빛으로 다가서고
계곡물 돌사이 감돌아

마른 나무 입술 빨고 간 봄볕에
향기로운 꽃망울 움터

송충이 살찐 수척한 노송가지에
새 잎이 돋아난다.

- 〈병상일기 · 5〉전문

위 인용된 시에서도 읽을 수 있듯이 박시인은 이순이
넘은 현재 자신의 모습을 담담한 어조로써 노래하고 있
다. 그런데 그의 시에서 쉽게 지나칠 수 없는 점은 시인
이 이순이 넘은 시점에서 새로운 삶을 출발하려는 의지가
돋보인다는 사실이다. 인생살이의 "굽이마다 괴로웠던/슬
픔의 언덕을 넘으니/앞산이/갈매빛으로 다가서고" "마른
나무 입술 빨고 간 봄볕에/향기로운 꽃망을 움터" "새 잎
이 돋아난다" 라고 한 것처럼 박시인은 삶을 정리하는 게
아니라 새롭게 또 다른 삶의 방향을 모색하고 있다. 물론
시인 박기표가 이처럼 이순이 넘은 시기에 새로운 삶의
의지를 갖게 된 데에는 시인만이 독특한 삶에 대한 남다
른 깨달음의 과정을 거쳤기에 가능하다.

부동(不動)과 불변(不變),
오묘한 숨결로 가려진 신비,
무언의 정(精)과 기(氣)가 어울려
황홀히 피어나는 운치(韻致),

돌 속에 내가,
내 속에 돌 있으니
나는 한 마리 들나비
살포시 꽃술에 머물다
금빛 구름 타고 돌 속으로 사라진다.

- 〈돌 · 1〉중에서

125

박시인은 다른 시에서도 '돌'이란 시적 소재를 통해 시인만이 얻은 남다른 깨달음을 노래하고 있다. "돌이 좋아서/돌 속에 서린 정령 찾아/이천 번도 넘는 돌밭길을 걸었"던 시인은 〈돌밭에 안겨서〉, 한갓 무생물에 지나지 않은 돌을 세밀히 관찰하는 가운데, '부동'과 '불변'이라는 돌의 특성을 발견해 낸다. 그것은 화려하지 않고, 자연의 온갖 세파에도 굴하지 않고, 늘 한 곳에 위치하면서도 변하지 않는 의연한 자세를 보이고 있는 돌이 인간에게 보여 주고 있는 삶의 진실함이다. 이것을 시인은 사물에 대한 섬세한 눈으로써 포착해 내고 있다. 어쩌면, 돌에게서 발견되는 '부동'과 '불변'이라는 삶의 진실이야말로 앞서 언급한 대로 이순이 넘은 시인이 또다시 새로운 삶을 출발하려는 의지를 불태우는 에너지로 작용하고 있는지 모른다.

분명, 박시인에게 중요한 삶의 화두는 새로운 삶을 향한 의지이다. 여기서 시인은 현대인의 일상생활 속에서 나날이 메말라 갈 뿐만 아니라 그 순수하고 아름다운 모습이 변해 가는 '사랑'의 본질을 복원하고자 노래한다.

> 허욕에 멀었던 눈이
> 이순이 지나서야 맑게 틔어
> 잊혔던 당신 생각이 간절해
> 그리움 살라먹고 핀 초롱꽃으로
> 다가갈수록 그대는 하얀 서리만 끼었었네.
>
> 젊었던 어느 봄날
> 그대 사랑으로 옹당이 진 내 뒤란에
> 햇볕 들이쳤던 기쁨 되살려
> 빈 뜰에 사물놀이 벌였는데
> 나타날 듯 보이질 않는 당신은 마애불의 미소인가?

무겁게 파고든 당신 생각에
홀로 앓는 숨결로 눈물샘도 말렸는데
저린 아픔에서 오는 고요가 살아 숨쉬는 것만 같아
홀린 듯 퉁겨 나오니
푸른 별빛만 떨고 있었네.

이것이 사랑인 줄 알았습니다.
- 〈다가설수록 멀어만 간 당신〉전문

　김소월의 〈예전엔 미처 몰랐어요〉를 연상하게 되는 시이다. 진정한 사랑은 우리도 모르는 새 우리들 곁을 스쳐 지나간다. 그때는 그것이 마치 사랑이 아닌 것인 양 냉소하면서 무심결에 지나쳤던 것인데, 이제 박시인은 시의 마지막 연에서도 노래하고 있듯이 삶에 대한 겸허한 자세로써 사랑을 소중하게 감싸 안는다. 과거 속에서 지나쳤던 사랑은 '허욕'이라는 인간의 욕망으로 인해 그 사랑의 실체를 제대로 볼 수 없었기 때문에 시인은 '허욕'에서 벗어나, 드디어 "마애불의 미소"처럼 각인된 사랑하는 당신을 떠올려 보며, 예전에 미처 몰랐던 사랑의 소중함을 생각한다.

　박시인에게 이러한 사랑의 소중함은 시인과 함께 험난한 삶의 세파를 견뎌 온 아내를 향한 진정어린 마음에 연유한다.

꿈 낳아 기뻤던 우리 앞에
피바람 몰아쳤던 육이오
이리 떼에 찢긴 당신의 고운 넋
가슴 저미는 한으로 응어리졌습니다.

반백 년 지난 오늘

사뭇한 그리움으로만 남아
생각날수록 참 좋은 당신은
그윽한 빛 황홀한 향기로 피어오릅니다.
- 〈참 좋은 당신〉전문

정에 약한 왜가리 잦은 곁눈질에
꽃송이 아래에서 꽃송이 이울 듯
사십 년 긴 밤을
서릿발 속에 묻혀 살았던가

그래도 외곬으로 달려온 달빛이 고와
청대밭에 곤두세운 서러운 사슬 풀고
지병처럼 떨칠 수 없는 순종의 미덕 쌓았네.
- 〈아내〉전문

　시인 박기표에게 '사랑'의 감정을 환기시켜 주는 시적 대상은 바로 '아내'이다. 늘 자신의 곁에 말없이 있어 주면서, 따뜻한 사랑으로 세상의 어려움을 견뎌 내고, 한 가정을 지켜 온 아내에 대한 그리움과 사랑의 감정을 자연스럽게 노래하고 있다. 여기에는 어떠한 가식과 꾸밈이 없다. 자칫하면, 너무나 가깝게 있기 때문에 흔히 망각하기 쉬운 아내라는 존재의 소중함을 시인은 "그윽한 빛 황홀한 향기"로 떠올린다.

　그런데 박시인이 이처럼 그리움과 사랑의 정서에만 묻혀 있는 것은 아니다. 사실 그리움과 사랑은 시인이 살고 있는 현실에 대한 무한한 애정에서 비롯된다 해도 지나친 말이 아니듯이 시인은 우리 사회의 부조리한 현실에 대한 비판적 자세를 보여 준다.

　예컨대, 〈삼월 초에 핀 진달래〉에서는 IMF 경제위기를 초래케 한 정부의 문제점을 응시하면서, 경제위기를 극복

하고자 노력하고 있는 서민들의 삶을 "옷깃 여미는 찬바람에/앙상한 진달래 가지끝마다/붉게 피어나는 꽃송이들/민초들의 나라사랑 혼 불인가?"라고 노래한다. 말하자면, IMF라는 혹독한 겨울의 한파(寒波)를 견뎌 오면서 봄을 맞이한 진달래꽃에 서민의 삶을 투영시키고 있는 것이다. 그런가 하면 〈신문〉에서는 날마다 안방으로 찾아오는 신문을 통해 여론의 중요성을 환기시키고 있다. 이밖에도 '자유'와 '민주'를 갈망하는 역사적 상상력이 돋보이는 시로서 〈5월이 오면〉과 〈무인년 4월은〉이란 시가 있다.

이렇듯이 이러한 일련의 사회현실에 대한 관심을 형상화한 시는 앞서 살펴본 '그리움'과 '사랑'의 시적 정서와 전혀 무관한 게 결코 아니다. 비록 '그리움'과 '사랑'이란 시적 정서가 지극히 개인적인 것으로 인식되기 쉽지만, 사실 이러한 정서는 시인이 살고 있는 현실에 대한 사회적 관심이, 아름다운 삶과 사랑으로 충만된 삶을 그리워하는 시인의 시심(詩心)에서 기인한 것인 만큼, 이것이야말로 개인적 서정과 사회적 관심이 결합된 좋은 본보기라 할 수 있을 것이다.

여기서 우리는 시집의 제명(題名)으로 삼은 《노루막이 연가》 연작시를 읽어 보아야 하는데, 이들 연작시에는 시인의 시적 형상성의 주요한 특징들이 집약되어 있다.

세월의 뒤란을
곱게 쓸고 온 샛바람이
허공도 자주 밟고 다지면
길이 트인다고
빈 가슴 다독여 준다.

- 〈노루막이 연가 · 6〉전문

내 어줍잖은 영혼을
생명의 알맹이로 때리니
얼얼해진 심금에 어린
비늘진 금빛 그림자들
산사(山寺)의 종소리로 울려온다.
                    - 〈노루막이 연가·8〉전문

죽어서 비웃는 기쁨보다
살아 울 수 있는 길 찾아
돌뿌리 가시밭길 걷노라면
황망한 물굽이에 씻기는 영혼
                   - 〈노루막이 연가·10〉전문

　노루막이에서 박시인은 자신의 삶에 대한 성찰적 자세를 보인다. 노루막이, 즉 산의 막다른 꼭대기인 산의 절정에 올라 시인은 이순이 넘게 살아온 삶을 조용히 반추하고 있는 것이다. 노루막이에서 그는 한 자연인으로서 어떻게 사는 게 남은 인생을 아름답게 살아갈 수 있는지, 자신의 삶을 되돌아보고 있다. 그리하여 그가 발견해 낸 것은 산사(山寺)의 맑은 종소리가 세속에 찌든 속인(俗人)의 영혼을 씻겨 주듯이 지금까지 세상을 살아오면서 "언뜻언뜻 솟는 허욕" 〈노루막이 연가·9〉의 굴레로부터 놓여나려 한다.

　'허욕' 으로부터 자유로워지는 것이야말로 시인이 세상을 살아오면서 깨달은 삶의 진실이다. 그렇기에 박시인은 이순을 넘기면서, 어떻게 사는 게 진실된 삶인지, 무엇이 진정으로 소중한 인간의 삶인지에 대해 성찰한다. 다시 말해 시인에게 노루막이는 그저 산의 막다른 꼭대기가 아니다. 이제 인생의 한 여정을 정리하며, 그것에 만족하지 않고 새로운 삶을 시작하려는 시인에게 노루막이는 삶을 성찰케 해주는 신성한 장소이기 때문이다. 즉 노루막이는 박시인에게 새로운 삶의 문턱으로 들어서게 하는 '부활의 성소(聖所)'로 인식되고 있다.

　이처럼 시인 박기표에게 '부활'과 '갱신'에 대한 갈망은 간절하다. 이것은 다음의 시에서도 노래되고 있듯이 새천년을 맞이하면서 전개될 우리 사회현실에 대한 희망과 기원에 여실히 나타나 있다.

　　　밝아온 새 천년은
　　　빛부신 창의력과 도덕성
　　　다양성을 포용할 관용이
　　　발전의 동력인 세상

　　　거미의 희생보다 진한 교육열
　　　외침의 아수라도 품에 안아
　　　우리의 문화 창조한 예지
　　　인정 넘친 겨레의 심성에 불 지펴

　　　허욕에 일그러진 몸 풀고
　　　얼룩진 군복의 찌꺼기
　　　가로막는 연(緣)의 벽들
　　　산업화의 부작용일랑 불살라

　　　자랑스런
　　　미풍양속 고이 닦아 가면서
　　　자연과 함께 살아온 기쁨으로
　　　새 천년의 꽃 피워라.
　　　　　　　　　－〈새 천년 새 해의 노래〉전문

　현실과 호흡하며 현실의 미래를 내다보는 박시인의 혜안(慧眼)이 그 빛을 발산하고 있다. 이것은 맹목적인 구호처럼 들려오는 메시지와 본질적으로 다르다. 무엇보다 지금까지 감상해 본 것처럼 박기표의 시에는 진솔하게 과장됨이 없이 험난한 삶을 살아온 자가 겸허이 자신의 인생을 되돌아보는 가운데 깨달은 삶의 진실함이 깃들어 있기 때문이다. '허욕'을 버리고, 인간의 근원적인 '그리움'과 '사랑'의 시적 정서로써 현실과 호흡하며 살아가는 것이야말로 박기표 시인이 우리들에게 들려주는 중요한 메시지일 것이다.